우리 엄마

황다혜 지음

우리 엄마

발 행 | 2023년 11월 13일
저 자 | 황다혜
펴낸이 | 한건희
펴낸곳 | 주식회사 부크크
출판사등록 | 2014.07.15.(제2014-16호)
주 소 | 서울특별시 금천구 가산디지털1로 119 SK트윈타워 A동 305호
전 화 | 1670-8316
이메일 | info@bookk.co.kr

ISBN | 979-11-410-5197-0

우리

엄마

황다혜 지음

CONTENT

제3화   캠핑장에서

제4화   우리 엄마

작가의 말

안녕하세요? 「우리 엄마」의 저자 황다혜입니다.
이 책은 평범한 저의 일상을 동시집으로 엮은 것입니다.

여러분은 책 읽는 것을 좋아하시나요?
저는 아주 많이 좋아합니다. 특히 재미있고 흥미가 가는 이야기책을 읽을 때는 '조금만 읽어야지' 마음먹고 책을 펴서 읽다 보면 시간이 가는 줄 모르고 계속 읽게 됩니다.

많은 책 중에서 특히 전래고전 책이 재미있었습니다. 여러분이 책을 좋아하시지 않거나 시간이 없다면, 이 동시집처럼 조금씩 읽을 수 있는 책을 읽어보세요.
책이 재미있어질 거예요.
제 첫 책 재미있게 읽어주세요.
그리고 제 책을 읽어주신 분들께 감사합니다.

제1부 잘못 넣은 골

잘못 넣은 골

탁 팍팍 파아악

실수로 공을
우리 팀 골에
넣어버렸다

우리 팀에게 너무 미안하고
한 편으로는 부끄러워
쥐구멍에 숨고 싶었다.

합기도

재미난 운동을 많이 한다
건강해지는 운동을 많이 한다

소떡소떡 파티 등
재미난 주말 파티를 많이 한다

좋은 친구가 많다

내가 키우는 식물

나는 토마토를
키운다

무럭무럭 쑥쑥
커가는 내 식물

열매 맺을
토마토를 생각하니
벌써부터
꼴까닥
침 넘어간다

피구(1)

슈욱 팍 파악
슈우우우웅 팍
공 튀는 소리

나도
푹 던지고
팍 맞추고
슈우욱 피하고

가끔 싸움도
일어날 때 있지만
은근히 재미있는 피구

발야구

햇빛 쨍쨍한
더운 운동장에서 했던
발야구

반 친구들과 하는
재미있는 놀이

운동 많이 되고
추억이 많이 쌓이는
재미있는 발야구

어버이날 선물

학교에서 직접 만든
꽃바구니

스프레이 카네이션과 조팝 나무를 꽂은
예쁜 꽃바구니

어버이날
부모님께
드릴 선물

엄마께서 주신 선물

엄마가 주신 선물
내가 항상 갖고 싶었던
스마트 워치

검정색
스마트 워치

사진 찍을 수 있는
스마트 워치

다양한 기능을 가진
다재다능한 스마트 워치

내가 드린 선물

어버이 날,
엄마께 드린
카네이션 브로치

외할머니께 드린
카네이션 브로치와
카네이션 모양 비누

엄마께서는
다음엔
사지 말라고 하셨지만

외할머니께서는
고마워 하셨다

어린이 날 선물

엄마께서 주신
실리콘 테이프 세트 2상자

난 신이 나서
열심히 만들어 보았다

많이 실패했지만
조금 반듯한
사각형 모형을
만들고

크지는 않지만 둥근
풍선을 만들었다

거제도

경치 좋은

거제도 바닷가

좋은 풍경이 보이는

호텔에서

한동안 지내고

조개 주우러

갯벌에 간다

갯벌

갯벌에 갔다
안으로 쭉 들어가야
조개가 많이많이 나온다

조개 캐는 것은
모 심는 것처럼 힘들었지만
한 편으로는 뿌듯하고
재미있는 활동이었다

학교에서 한 일

처음에는
혼자 한 배드민턴

그 다음에는
친구와 한 배드민턴

배드민턴 선수처럼
잘하려고 노력했다

감기

감기에 걸려

목이 간질간질 가렵고
캑캑캑 목소리가 잘 안나오고
목이 쉬었다

엄마께
쓰고 맛없는
가루약을 받아먹었다

제**2**부 병원

병원

처음으로
부모님 없이
동생과
병원에 간 날

돈이 모자라서
두렵고
그래서
괜히 짜증이 나고
속상했다

농구

합기도에서 한
농구

다음 날
친구들과
함께 한
농구

재미없을 줄 알았는데
은근히
재미있었다

캐릭터와 이모티콘

학교에서 그린

강아지 캐릭터로

이모티콘을 그렸다

댕댕댕

종이 쳐서

완성하지는

못했다

하지만

좋은 추억이 될 것이다

울산대공원

장미 보러 간
울산대공원

동물 보려고 간
울산대공원

장미는 종류가 다양했고
하나같이 자신의 매력을
갖고 있었다

동물원에서는
수컷 공작새가 아주 화려하게
날개를 펼쳐 암컷을 유혹했다

영화관에서

"슈퍼 마리오 브라더스"를 보았다

내가 보았던
수많은 영화 중에서

재미있고
유명한 캐릭터가 나오는
이 영화가
나에게
가장 인상 깊은 영화로 남았다

스승의 날

바이올린 선생님께
감사의 마음을 담아

행운의 네잎클로버를
드렸다

소중히 적은 작은 편지도
함께 드렸다

선생님은 고마워
하셨다

수학 선생님의 오해

어제
수학 선생님께
킁킁 냄새 좋은
방향제를 선물로 드렸다

선생님은
선물을 받으신 줄 모르시고
누군가 방향제를 놓아두고
간 줄 아셨다

선물을 드린 나는
조금 당황했다

제자리 멀리뛰기

학교에서 한
제자리 멀리뛰기

첫 번째는 연습
두 번째는 실습

두 번째로 한 실습이

결과가 더 좋았다

보스베이비

영어 시간에
본 영화
보스베이비

반도 못 본
보스베이비

그래도
재미있어서
집중해서 보게 되는 영화
보스베이비

울산대공원 장미 축제

넓고 시설 좋은
울산대공원

울산대공원에
장미 축제를
보러 갔다

울긋불긋
장미가 예쁘게도
피었다
단풍잎같이 붉게 핀
장미

영화관에서 본 극장판

영화관에서 본
극장판 영화

톡톡 쏘는 콜라와
눈처럼 하얀 팝콘을
먹으며

재미있는 영화를 보니
원래 재미있던 영화가
더 재미있어 진다

모둠 신문

학급에서 만든
모둠 신문

모둠 이름은
모둠원의 생일을 따서
3393모둠

앙케이트 조사 1개

좋은 소식과 나쁜 소식 1개

퀴즈 1문제

머리가 아파서

머리가 지끈지끈
아파서

바이올린 학원과
책나무 학원을
빠졌다

집에 가니 엄마께서
나에게 쓴 약을 주셨다
당연히 맛도 없었다

제**3**부
캠핑장에서

공개수업

인권에 대한
수업을 했다

인권 생존 게임
인권 카드 고르기
인권 랜덤 환생
게임을 했다

재미도 있었지만
친구들과 함께해서
더 좋았다

뼈누리해장국

다정한 엄마와
예쁜 여동생과
뼈누리행장국을
먹으러 갔다

난 쩝쩝
맛난 고기만 빼먹었는데

뼈누리해장국이
조금 남아
그걸로 볶음밥을 해먹었다

편집과 동영상

우리 모둠이
함께 만든 동영상

몇몇 친구들은
녹음

또 친구들은
편집

나는 포스터 그리기를 했다

주렁주렁에서

주렁주렁에서

아주 작고 귀여운 원숭이와

돼지보다 큰 세상에서 가장 큰 쥐와

야광 전갈 껍질과

닥터피쉬를 만났다

나갈 때는

뱃지를 받았다

캠핑장에서

캠핑장 근처 계곡에서
물놀이하고
물고기와 개구리 · 올챙이도 잡고
맛난 고기도 구워 먹고
커다란 마쉬멜로 두 개를
노릇노릇하게 구워 먹었다

내가 잡은
물고기와 올챙이와 개구리는
집에 올 때
놓아주었는데
잘 있을지 궁금하다

학원을 일찍 마치고

선생님께서 학원을
일찍 마쳤다

그래서 어쩔 수 없이
학원을 가지 못했다

보강해야 하는데
벌써부터 귀찮다

슬라임

동생이 준
슬라임

예쁜
슬라임

느낌 좋은
슬라임

비즈도 들어 있는
슬라임

물총놀이

친구들과 한
물총놀이

아주 큰 물총과
아주 작은 물총으로 하는
물총놀이

놀고 나서
라면과 과자를 먹고
음료도 마셨다

나중에 생각하면
좋은 추억이
되겠다

거북이

내가 키우는
거북이는

큰 어항에 있지만
작은 거북이

밥잘 먹고
헤엄도 잘 치는
거북이

만화책

읽으면
시간 가는 줄도 모르고
계속 보게 된다

계속 보고 싶어도
시간이 없어
잠깐잠깐
본다

만화책은
꼭 게임하는 것처럼
재미있다

우리 집 강아지

귀여운
우리 집 강아지

예쁜
우리 집 강아지

왈왈
귀엽게 짖는
우리 집 강아지

눈에 넣어도
안 아플
우리 집 강아지

제4부 우리 엄마

수학 숙제

수학 선생님께서
항상 숙제를
많이 내주신다

숙제를
줄여달라 말하면

아주 가끔씩
한페이지 줄여주신다

수학 숙제는
세상에서 제일 하기 싫은 숙제다

영어 숙제

줄일 수 없고
해도해도 줄지 않는
영어 숙제

영어 숙제하면서 드는 생각
언제쯤 끝날까?

연필 깎이

연필 깎고

다됐나 하고
꺼내보면

연필심이 사라진 채
나온다

마니또

학급 회의

주제는 3,4,5,6,7월에
"생일인 친구들과
할 놀이는"
이었다

다수결로
할 놀이를 정했다
결국
마니또로
결정되었다

젤리

여동생이 큰 젤리를
사줬다

학원 선생님도
젤리를 주셨다

동생이 사준 젤리 먹느라
젤리가 질리는데도

꾸역꾸역 먹는다

우리 반 선생님

우리 반 선생님은
무서운 선생님

하지만 착하기도 한
선생님

수업 내용이 잘 이해되게
수업해 주시는
우리 반 선생님

연필 깎이 사건

학교에서
내 자리는
쓰레기통 옆자리

누군가가
내 자리에
연필 가루를
버렸다

범인을 알 것 같았지만
고의가 아닌 것 같으니
봐주기로 했다

피구(2)

체육 시간에
피구를 했다

심판은
다리 다쳐
피구 못하는
체육 부장

선풍기

날개가
없는 선풍기

비록 날개는 없지만
위이이잉 소리도 낸다

날개는 없지만
바람은 시원한
선풍기

거북이에게 사료 주면

거북이 사료는
건조 새우

거북이에게
사료를 주면

거북이는
콱 잡아
물어뜯으며

맛있게
먹는다

방울 토마토

내가 키우는
방울 토마토

길이는
66CM

매일 기다렸지만
꽃은 피지 않았고
열매도 맺지 않았다

우리 집 강아지 약주기

우리 집 강아지에게
약을 먹여야 한다
귀에 약도 넣어야 한다

저녁에도
약을 먹이고
귀에 약을 넣어주어야 한다

귀찮지만
강아지가 왠지 가엾어서 참는다

아빠 생신 선물

아빠 생신에
액체 바다 양초를 드렸다

아빠께서
고마워 하셨다

아빠께 생신 축하한다고
편지를 써드렸다

아빠께서
고마워 하셨다

우리 엄마

고운 우리 엄마

우리를 위해
요리를 해주시고
집안일도 해주시는
고마운 우리 엄마

가끔 내가
숙제를 안 하거나
청소를 안 하면
잔소리하시지만

그래도 너무 좋은
우리 엄마